AF295024

Bibliografische Information der Deutschen Nationalbibliothek:
Die Deutsche Nationalbibliothek verzeichnet diese Publikation
in der Deutschen Nationalbibliografie; detaillierte bibliografische
Daten sind im Internet über www.dnb.de abrufbar.

© 2024 Jacqueline Conrad-Morgenstern
Verlag: BoD · Books on Demand GmbH, In de Tarpen 42,
22848 Norderstedt
Druck: Libri Plureos GmbH, Friedensallee 273, 22763 Hamburg
Lektorat Heike Funke Münchberg
Satz und Layout: Matthias Thorner - mthorner.de
Cover & Aquarelle: Jacqueline Conrad-Morgenstern
ISBN 978-3-7693-2242-2

Jacqueline Conrad-Morgenstern

Ylvi und der Drache

Eine märchenhafte Erzählung
von Liebe und Trauer

In herzlicher Verbundenheit
allen trauernden Menschen,
die auf ihrem Weg sind.

*

Hey, ich bin Ylvi und ich möchte euch meine Geschichte erzählen. Ylvi ist ein Name, der aus dem Norden kommt. Er bedeutet »kleine Wölfin«.

Das passt gut zu mir, wie ich finde, denn ich wohne hoch im Norden, am Rand eines riesigen Waldes. Ich könnte euch erzählen, wie alt ich bin, aber das ist vollkommen unwichtig. Denn ich habe meine Mutter verloren.

*

*E*ines Tages, mitten im Winter, tauchte eine Schlange auf, in unserem Haus am Waldrand. Niemand hatte sie kommen sehen, niemand hatte einen Namen für sie, und niemand kam, um sie wieder fortzubringen. Und obwohl meine Mutter wusste, dass sie giftig war, hatte sie begonnen, diese Schlange zu füttern.

Die Schlange war erst sehr klein, aber schon bald wurde sie stärker und mit ihr das Gift, das sie in sich trug. Ich hatte Angst vor dieser Schlange. Doch meine Mutter nicht. Sie fütterte sie und sah ihr beim Wachsen zu, bis sie riesig und dunkel war. Schließlich biss die Schlange meine Mutter, und sie starb an ihrem Gift, noch bevor der Sommer ins Land zog.

Der Tod meiner Mutter schnitt mir eine tiefe Wunde in die Brust, während sich die Schlange in einen riesigen, schwarzen Drachen verwandelte, der fortan die Sonne verdeckte. In dieser Dunkelheit konnte ich nichts mehr sehen, nichts mehr hören und nichts mehr fühlen. In dieser Dunkelheit gab es nichts und niemanden mehr für mich.

Als der Sommer vergangen war, schaffte ich es an manchen Tagen, in den Garten hinauszugehen, um einen Apfel

zu essen. Doch fast immer blieb ich an dem Ort, an dem
ich mich sicher fühlte: in meiner Kammer. Dort lag ich
am Boden, und die Zeit floss klebrig, wie das Harz an den
Rinden der großen Tannen, die in den Wäldern stehen. Ich
hörte ihr dabei zu, wie sie kaum verging, und ich entkam
ihr nicht. Und ich entkam auch dem Drachen nicht. Der
Drache blieb mein Schatten und ich fürchtete mich vor
ihm.

*

Und dann, eines Morgens, kam der Drache so nah, dass er mit seinen Flügeln das Glas meiner Fenster berührte. Das Glas zerbrach in tausend Scherben und es wurde um mich finsterer als jemals zuvor. Und wie ich da lag und die Scherben sich durch meine dünn gewordene Haut bohrten, sah ich den Drachen das erste Mal an. Er war riesig, schwarz und kalt. Und er hatte eisige Augen. Ich war wie von Sinnen vor Angst da hörte ich ihn meinen Namen rufen.

»Ylvi ...« Seine Stimme war fremd und nahm mir die Luft zum Atmen.

»Ylvi ...« Ich hatte Angst zu ersticken, unter seiner Last und unter diesen Flügeln.

»Ylvi, schau mich doch an.«

»Geh weg!«, schrie ich in dieser Dunkelheit. »Geh weg von mir, ich will dich nicht sehen!«

»Nein«, antwortete der Drache. »Ich gehe nicht weg. Ich bin doch gerade erst angekommen.«

»Aber was willst du denn von mir? Ich kenne dich nicht.«

»Du kennst mich nicht? Ich bin deine Trauer. Und ich möchte dein Freund werden.«

»Ich will aber nicht, dass du mein Freund wirst. Und ich will dich nicht anschauen. Wie könnte ich deine Freundin sein wollen, wenn ich fast ersticke unter dir?«

»Aber du musst mich anschauen, Ylvi. Denn ich bin jetzt ein Teil von dir. Du wirst lernen, dass es besser ist, wenn ich dein Freund bin. Denn gegen etwas zu kämpfen, das ein Teil von dir ist, wird dich schwächer machen.«

Der Drache hatte solch eine Macht über mich, dass es nichts mehr gab außer uns beiden. Das machte mich reglos, und in dieser Reglosigkeit wünschte ich mir selbst zu sterben.

Doch ich starb nicht. Wenn ich wach war, hielt mich der Drache, und wenn ich schlief, hielt mich der Drache. Ich war zu schwach, mich gegen ihn zu wehren, und während ich mich langsam an seine Dunkelheit gewöhnte, begann ich zu träumen.

Ich träumte Träume vom Fallen, Träume vom Ertrinken, ich hatte Träume, in denen ich mich in den Wäldern verirrte, und Träume, in denen ich meine Mutter traf. Sie sah ganz jung darin aus, und nichts ließ erahnen, dass sie am Biss einer Schlange gestorben war. Im Traum lief sie vor mir her, und ich versuchte, sie einzuholen und zu berühren. Doch ich schaffte es nicht. Einmal sah ich meine Mutter auf dem Rücken des Drachen. Sie saß sicher zwischen seinen Flügeln und schaute zu mir herunter.

»Ylvi«, rief sie. »Meine Aufgabe war es, deine Mutter zu sein. Nun geh du in die Wälder und finde heraus, wer der Drache in Wirklichkeit ist. Sieh hin zu ihm, sieh in seine Augen. Ylvi, mein Kind, sei mutig.«

*

Da stand ich auf, obwohl mein Herz so schwer war, dass ich es kaum tragen konnte, und ging mit nichts außer diesem Herzen in meiner brennenden Brust hinaus in die Wälder.

Ich fühlte, dass meine Mutter bei jedem Schritt neben mir war, doch trotzdem waren mir die Wege fremd geworden. Der Drache flog über mir. Manchmal war es so dunkel, dass ich auf den unbekannten Pfaden den nächsten Schritt nicht gehen konnte. Manchmal legte ich mich ins Moos und schlief. Die Zeit spielte keine Rolle.

Es strengte mich an, über den Drachen hinwegzusehen. Es strengte mich an, ihn zu betrachten. Und es strengte mich an, aus Träumen zu erwachen, in denen ich mit meiner Mutter war. Doch ich wollte mutig sein.

Dann, mitten im Herbst, als es schien, dass mir die Kraft, mein schweres Herz zu tragen, ausgehen würde, stand eine Frau an meinem Bett im Moos. Erst erschrak ich darüber, doch sie legte mir ihre Hand auf die Stirn und sah mich an.

»Wer bist du?«, fragte ich sie.

»Fürchte dich nicht, Ylvi«, sagte die Frau, und ich sah ein Leuchten in ihren Augen, das so warm war, wie ich es noch niemals zuvor gesehen hatte.

»Fürchte dich nicht. Mein Name ist Hoffnung. Ich werde dir helfen, den Weg zu gehen, der für dich bestimmt ist.«

»Woher kennst du meinen Namen, Hoffnung?«, fragte ich sie.

»Warum sollte ich deinen Namen nicht kennen? Ich kenne den Namen eines jeden Menschen, weil ich ein Teil von jedem bin.«

»Aber warum leuchtest du?«

»Weil ich weiß, dass ich niemals ganz verloren gehen kann. Die Menschen sagen oft, sie seien hoffnungslos. Aber das stimmt nicht, denn selbst den nächsten Atemzug zu tun, bedeutet hoffnungsvoll zu sein.«

Ich betrachtete die schöne Hoffnung eine Weile.

»Was soll ich tun?«, fragte ich sie schließlich.

»Geh auf neuen Wegen, kleine Wölfin, und suche nach dem Haus der Seelenfrau. Sie lebt tief in den Wäldern. Sie wird dir helfen zu erkennen, wer der Drache in Wahrheit ist. Vertraue immer darauf, dass du den Weg erkennen wirst, der für dich der Richtige ist. Und wenn du dich verirrst und du glaubst, mich verloren zu haben, dann sei gewiss, dass ich trotzdem bei dir bin. Denn ich bin deine Hoffnung. Wir können uns nicht verlieren.«

Da stand ich auf von meinem Bett im Moos, das Herz schwer und das Haar voller Zweige und Flechten, um in der Dunkelheit fremden Pfaden zu folgen. Der Drache flog dicht über mir, und doch gab es etwas, das in mir zu brennen begonnen hatte. Es war nur ein winziges Licht, ein Funken der Hoffnung. Doch er reichte, um den nächsten Schritt zu gehen.

*

D och die Wege waren steil und beschwerlich, und egal wohin mich meine Füße trugen, ich stolperte und fiel. Manchmal blieb ich im Unterholz zwischen den wilden Nadelbäumen stecken, manchmal zerrten die Zweige der laublos gewordenen Bäume an meinem Haar, und manchmal zerschnitten Brombeerdornen die Haut unter den Füßen, bis sie bluteten.

Dann begann es zu regnen und der Regen vermischte sich mit den Tränen, die ich weinte. Von Zeit zu Zeit rief mich der Drache.

»Ylvi, warum schaust du niemals herauf zu mir? Warum nicht? Ich möchte dein Freund werden.«

»Nein!«, rief ich zurück. »Ich will aber nicht, dass du mein Freund wirst. Ich will auch nicht zu dir heraufschauen. Ich will, dass du weggehst und dass meine Mutter zurückkommt.«

»Aber deine Mutter ist nicht mehr hier, nicht mehr so wie du sie kennst, Ylvi. Ihr Körper ist gestorben. Du kannst sie nur auf eine neue Weise wiederfinden, doch dazu musst du mich ansehen.«

»Geh weg!«, rief ich zurück. »Das ist nicht die Wahrheit.«

Da kam der Drache so nah wie noch niemals zuvor, und es blieb mir nichts anderes als ihn anzusehen.

»Du weißt, dass es die Wahrheit ist, du weißt, dass ich deine Trauer bin. Doch um herauszufinden, was ich noch bin, musst du mich ansehen und mich mit dir nehmen.«

Wir sahen uns an, der Drache und ich, und ich wusste, dass er recht hatte. Ich musste mit ihm gemeinsam nach der Seelenfrau suchen. Es würde mir nicht gelingen, ihn hinter mir zu lassen. Ich dachte daran, dass meine Mutter im Traum auf dem Rücken des Drachen gesessen und »Sei mutig« gesagt hatte. Ich atmete tief ein und dann nickte ich dem Drachen zu.

»Also gut«, sagte ich. »Gehen wir gemeinsam weiter. Aber ich werde dich nicht berühren. Und du wirst mich nicht berühren.«

Der Drache nickte, und da schien es mir, als hätte ich in seinen Augen eine flüchtige Wärme gesehen.

*

D och ich wusste nicht, wie weit es noch sein würde bis zum Haus, in dem die Seelenfrau wohnte.

Die ersten Herbststürme jagten dunkle Wolken über den Himmel. Ich fror, und es gab nichts, das mich wärmen konnte. In den Nächten fürchtete ich mich vor den Schatten, die das Mondlicht auf den Waldboden warf. Aber noch mehr fürchtete ich die vollkommene Dunkelheit.

Einmal, als ich in einem unruhigen Schlaf lag, sah ich, wie sich der Schatten einer Frau aus dem der Bäume löste.

»Wer bist du?«, fragte ich sie und fühlte mich starr und mutlos.

»Ich bin die Einsamkeit, Ylvi«, sagte die Frau. »Ich bin ein Teil von dir.«

Ich blickte die Frau lange an.

»Ja, du bist ein Teil von mir«, sagte ich schließlich. »Ich kenne dich. So wie du, wandele ich einsam in der Dunkelheit. So wie du, habe ich niemanden, der bei mir ist. So wie du, bin ich nur ein Schatten in der Nacht.«

Ich streckte meine Hände nach ihren Händen aus, ich wollte mich fest an die Einsamkeit binden. Doch noch bevor wir uns berührten, weckte mich etwas aus diesem Traum. Es war der Drache, der mit seinen Flügeln beinahe meine Haut berührte. Ich sprang auf und rief ihm zu, dass er versprochen hatte, mich nicht zu berühren.

»Es ging nicht mehr anders, Ylvi. Du warst schon ganz kalt. Du hast dich in den Sog der Einsamkeit ziehen lassen. Aber du bist nicht einsam. Ich bin immer bei dir.«

»Aber du wolltest mich nicht berühren«, sagte ich noch einmal und dann begann ich zu weinen. Ich hatte noch nicht oft geweint, seitdem der Drache bei mir war, weil ich Angst hatte, dass ich zerfallen würde. Doch nun weinte ich.

»Ich entferne mich ein Stück von dir, Ylvi. Aber nur so lange, bis du eine Berührung von mir aushalten kannst. Ich bin in deiner Nähe. Ich sehe dich. Denk daran, dass du nicht einsam bist.«

*

In diesen Tagen im Herbst weinte ich lange. Ich weinte um meine Mutter. Ich sah den morgendlichen Nebeln zu, die sich in den Spinnennetzen am Waldboden verfingen, und an den Abenden saß ich bewegungslos unter ein paar Zweigen, um mich vor dem kalten Regen zu schützen. Ich schlief wenig, und nur um nicht vollkommen zu erstarren, stand ich wieder und wieder auf, um noch tiefer in den Wald zu gehen. Bis es nicht mehr weiterging, weil die Zweige der Bäume nach meinen Haaren griffen. Bis es nicht mehr weiterging, weil meine Wolfsfüße von Dornen zerschnitten waren. Bis es nicht mehr weiterging, weil mein Körper zu schwach war, um mein schweres Herz zu tragen.

Ich konnte diesen Weg nicht mehr alleine gehen. Ich würde die Seelenfrau nicht finden. Ich brauchte das einzige Wesen, das mich sehen konnte, an meiner Seite. Ich rief nach dem Drachen. Und der Drache kam zu mir.

»Ich brauche dich, Trauer«, sagte ich zu ihm. »Ich habe Angst vor deiner Berührung. Aber einsam kann ich nicht mehr weitergehen, und du bist der Einzige, den ich habe.«

Der Drache sah mich lange an, bis er schließlich einen Flügel nach mir ausstreckte.

»Gib mir deine Hände«, sagte er.

Meine Hände zitterten, als ich seinen Flügel berührte. Ich schaute dem Drachen in die Augen und erkannte ein Haus, das sich in ihnen spiegelte.

Es war das Haus der Seelenfrau.

*

Als ich die Seelenfrau zum ersten Mal sah, trug sie einen Mantel aus grünem Samt, der bis auf den Waldboden fiel und an dessen Saum Moose und Flechten wuchsen. Sie stand reglos, die Kapuze tief in die Stirn gezogen, und sah dem Drachen und mir entgegen.

»Ich habe auf euch gewartet«, sagte sie und trat über die Schwelle ihres Hauses.

»Kommt herein.«

Die Seelenfrau zog sich die Kapuze vom Haar. Es war kräftig und wild, voller Flechten und Zweige. Als ich ihr folgte, sah ich, dass ihre Füße nackt und voller Narben waren.

Sie sah mich an und fragte: »Kannst du es mir sagen, Ylvi?«

»Was?«, fragte ich und fühlte, wie der Drache einen Flügel um mich legte.

»Was kann ich dir sagen?«

»Kannst du mir sagen, warum du zu mir gekommen bist?«

Ich sah in ihre warmen Augen, und so wie sich zuvor ihr

Haus in den Augen des Drachen gespiegelt hatte, spiegelte sich nun der Drache in den ihren.

»Du weißt es schon, habe ich recht?«, sagte ich zu ihr.

»Ja. Ich weiß es schon. Aber das ist nicht wichtig. Wichtig ist, dass du es mir sagst, Ylvi.«

Ich wollte davonlaufen. Ich wollte nicht hier sein. Ich drehte mich um, es waren nur ein paar Schritte bis zur Tür. Aber draußen war der Drache. Plötzlich war er wieder riesig und seine Augen schienen kälter als jemals zuvor. Der Drache versperrte die Tür und ich konnte nicht hinaus. Ich drehte mich wieder zur Seelenfrau und wieder zum Drachen, und dann schrie ich es hinaus mit der letzten Kraft, die mir geblieben war:

»Meine Mutter ist tot.«

Dann sank ich auf den Boden und schrie meinen Schmerz hinaus in die Wälder, und als ich glaubte, mich nie wieder in dieser Dunkelheit aufrichten zu können, fühlte ich die Hände der Seelenfrau auf meinem Haar.

»Ylvi«, sagte sie, »ich kann dich eine Weile auf deinem Weg begleiten, wenn du das möchtest.«

Sie hielt mich an den Schultern und half mir, mich aufzurichten. Ich sah sie an und wischte mir die Tränen vom Gesicht.

»Ja«, sagte ich schließlich. »Ja, das möchte ich.«

»Ich werde dir drei Aufgaben stellen, und jedes Mal, wenn du eine Aufgabe erfüllt hast, wirst du zu mir zurückkehren. Und dann, wenn du zum dritten Mal zu mir zurückgekehrt bist, wirst du wissen, wer der Drache wirklich ist.«

»Du weißt von der Aufgabe, die mir meine Mutter im Traum gestellt hat?«, fragte ich sie.

»Nein«, sagte die Seelenfrau, »von deinem Traum weiß ich nichts. Aber ich weiß, dass jeder, der einen Menschen verliert, herausfinden muss, wer der Drache in Wirklichkeit ist.«

Ich nickte und sie sah mich lange an.

»Dann soll das hier deine erste Aufgabe sein«, sagte sie schließlich.

»Ich will dir eine Frage stellen, Ylvi. Wohin ist deine Mutter gegangen, als sie im Sterben ihren Körper verließ? Gehe dafür hinaus in die Wälder und finde deine Antwort darauf. Folge dafür nur in Gedanken ihrem Weg. Was könnte es sein, was ihr begegnet ist? Dunkelheit oder Licht? Ende oder Anfang? Schaffe ein Bild in deinem Innern, in dem deine Mutter gut aufgehoben ist.«

Die Seelenfrau hielt für einen Moment inne und sah mich liebevoll an.

»Es wird ein langer Weg sein, den du gehen wirst, Ylvi. Doch denke immer nur an den nächsten Schritt. Und dann gehe ihn.«

Die Seelenfrau schloss die Tür, und ich war wieder auf mich gestellt, in einem Wald voller fremder Wege. In diesem Herbst wollte es nicht aufhören zu regnen, und das Einzige, was mich vor diesem Regen schützen konnte, waren die Flügel des Drachen. Ich fürchtete mich noch immer vor seiner Berührung, doch von Zeit zu Zeit mischte sich eine rätselhafte Sehnsucht in diese Furcht. Schließlich rief ich nach dem Drachen, er kam und berührte mein Herz. Als ich zu weinen begann, fragte er, ob ich ihn meine Tränen sammeln ließe.

»Warum willst du denn meine Tränen sammeln?«, fragte ich.

»Weil sie wertvoll sind und weil ich sie eines Tages brauchen werde.«

»Aber wo willst du sie sammeln?«

»Ich werde sie in meinem Herzen sammeln, Ylvi. Denn ich habe ein Herz.«

Da stieg Wut in mir auf.

»Wie kannst du sagen, dass du ein Herz hast?«, schrie ich. »Du bist so groß und dunkel. Und du hast meine Mutter mit dir genommen.«

»Nein«, sagte der Drache. »Das ist nicht die Wahrheit, Ylvi. Ich habe deine Mutter nicht mit mir genommen. Ich bin deine Trauer. Ich kann deine Mutter zu dir tragen. Ich bringe sie dir, wann immer du es willst.«

Ich sah den Drachen eine Weile an und fragte mich, warum ich sein Herz nicht sehen konnte. Ratlos hob ich die Schultern.

»Gut«, sagte ich. »Dann sammle meine Tränen in deinem unbekannten Herzen. Ich hoffe, es ist groß genug.«

Wie sollte ich nun die Antwort finden und wohin die nächsten Schritte tun? Mit dem Drachen. Mit der Aufgabe. Mit diesen blutenden Füßen.

Der Wald war riesig und der Winter würde bald kommen. Doch ich hatte keine Wahl, außer weiterzugehen auf den herbstnassen Wegen. Der Drache folgte mir schweigend, und ich bewegte die Frage der Seelenfrau in meinem Herzen. Wohin war meine Mutter gegangen, als ihr Körper starb? Es mussten zwei Dinge sein. Da war das, was meine Mutter war, und da war ihr Körper, den ich mir mit klopfendem Herzen ein letztes Mal angeschaut hatte und bei dem ich fühlen konnte, dass er nur noch eine Hülle war.

Ein leer gewordenes Zuhause. Ein Kokon, der seinen Schmetterling freigegeben hatte.

Doch wohin war er geflogen, dieser Schmetterling?

Ich fragte mich, ob es einen Ort geben konnte, der neben dieser sichtbaren Welt ist und der meine Mutter nun barg. Konnte es der Ort sein, den man meint, wenn man vom Himmel spricht? War es der Ort, von dem aus mich meine Mutter noch immer fühlen ließ, dass sie da war, und von dem aus sie jeden Schritt durch diese Wälder mit mir ging?

Und wenn es der Himmel ist, von dem man sich erzählt, wo beginnt er? Beginnt er nicht gleich hier, an der Stelle über dem Erdboden, dort, wo meine wunden Füße stehen? Ist dieser Himmel nicht schon hier, überall um mich herum?

Ich hob den Blick, der beim Gehen auf meinen Füßen ruhte, und sah am Wegesrand einen kleinen Wintervogel auf einem Zweig sitzen. Er sah mich aus glänzenden Augen an, und das rührte mich sehr. Die kommenden kalten Monate lagen auch vor ihm, trotzdem schien das Licht des neuen Frühlings durch ihn zu leuchten. Der Vogel flog davon, und ich folgte ihm eine Weile, bis wir zu einer kleinen Höhle kamen, die an einem Felsplateau lag.

Hier wollte ich bleiben. Ich versuchte, ein Feuer gegen die Kälte anzuzünden, doch es gelang mir nicht. Ich war zu müde, um mich gegen den Drachen zu wehren. So legte ich meinen Kopf an seine Brust und sank unter seine Flügel. Ich begann zu weinen und doch war da etwas ...

Etwas, das mich wärmte.

Etwas, in dem ein Funken Hoffnung wohnte.

Etwas, das tief in mir heil geblieben war.

Ich schlang meine Arme um den Hals des Drachen und in einem Moment, der zwischen allem lag, was sichtbar war, sah ich meine Mutter am Rande des Felsplateaus zwischen den Bäumen stehen.

*

*I*ch befreite mich aus den Flügeln des Drachen, rief ihren Namen und fragte sie, wohin sie gegangen sei.

»Ylvi, mein Kind. Eine Tür hat sich für mich aufgetan und ich bin einfach hindurchgeflossen. Nun bin ich hier, nur einen Schritt neben dir. Es gibt keine Zeit, nicht in deiner und nicht in meiner Welt. Alles ist hier, in nur einem Moment. Alles ist nebeneinander. Hör auf dein Herz. Wie könnte das, was ich war, fort sein, wenn wir uns noch immer fühlen können? Wie könnte unsere Liebe fort sein?«

»Aber wo du jetzt bist, Mutter, bist du dort alleine? Ist es das Ende?«

»Nein, Ylvi, alle, die vor mir aus ihrem Erdenleben gestorben sind, sind hier. Und es ist kein Ende. Doch es ist auch kein Anfang. Es ist ein Kreis. Der Kreis von Leben und Sterben. Und ich bin ein Teil davon, so wie auch du, mein Kind.«

»Und, Mutter, sag mir noch, ist es dunkel dort, wo du jetzt bist?«

»Nein. Ich bin in das schönste Licht gestorben, das du kennst, Ylvi.«

»Ich kenne es?«

»Ja, mein Kind, du kennst es. Du trägst es in dir und es ist um dich. Du hast es nur vergessen, wie es die meisten Menschen in ihrem Erdenleben vergessen. Finde es wieder, das Licht in dir, und hilf, es in die Welt zu tragen.«

Wir haben uns lange angesehen, meine Mutter und ich. Doch als ich ihr meine Hände reichen wollte, fror das Bild ein und zerfiel zu kristallklarem Staub. Ich erwachte unter den Flügeln des Drachen und er hielt mich fest an seinem Herzen.

*

Der Drache und ich blieben noch eine Weile bei der kleinen Höhle und ich bewegte die Begegnung mit meiner Mutter lange in mir. Und dann, an einem Morgen, an dem ich dachte, dass es nun Zeit wäre, zur Seelenfrau zurückzukehren, sah ich zwei Menschen zwischen den Bäumen zu mir heraufsteigen. Sie schienen alt zu sein, denn sie liefen gebückt und hielten sich an den Händen. Als sie näher kamen, sah ich, dass es zwei Greise waren. Erst erschrak ich über sie, doch als sie ganz nahe gekommen waren, konnte ich die Güte in ihren Gesichtern sehen.

»Guten Tag«, sagte ich freundlich.

»Guten Tag, Ylvi«, sagte der eine. »Ich bin der Glaube.«

»Guten Tag, Ylvi«, sagte der andere. »Ich bin der Zweifel. Wir gehören zusammen.«

»Auch ihr kennt meinen Namen«, sagte ich. »Warum seid ihr zu mir gekommen?«

»Ja, auch wir kennen deinen Namen, weil jeder von uns ein Teil von dir ist. So wie auch die Hoffnung und die Einsamkeit. Das, was dich bewegt, bewegt auch uns«, sagte der Glaube.

»Wir möchten dich etwas fragen, Ylvi«, sagte der Zweifel. »Wir wissen um die Begegnung mit deiner Mutter, und nun möchten wir wissen, wer von uns beiden in dir größer ist.«

Ich sah den Glauben und den Zweifel eine Weile an.

»Warum muss ich mich entscheiden?«, fragte ich schließlich. »Ist es nicht gut, wenn ihr gleich groß seid?«

»Du wirst niemals Ruhe finden, wenn wir gleich groß bleiben«, sagte der Glaube.

»Manchmal ist es gut, sich für eine Seite zu entscheiden.«

»Mein Glaube ist größer«, sagte ich und lächelte. »Wie könnte ich Zweifel haben an dem, was meine Mutter gesagt hat, wenn ich sie noch immer fühlen kann? Wenn da nicht nur Schmerz und Erinnerung sind, sondern ein Gefühl in meiner Brust, das so warm ist, dass ich zerspringen könnte vor Glück und Liebe? Wie könnte ich Zweifel daran haben, dass ein Teil von ihr noch immer hier ist?«

Der Glaube und der Zweifel nickten. Dann drehten sie sich um und verschwanden zwischen den Bäumen. Und wie sie davongingen in ihren langen, alten Mänteln, sah ich, wie der Körper des Glaubens sich streckte und größer wurde. Doch er hielt den kleinen Zweifel fest an seiner Hand.

*

Als der Drache und ich am Haus der Seelenfrau ankamen, war ihre Tür offen. Ich ging hinein. und sie saß, in ihren Mantel gehüllt, an einem Feuer.

»Dein Haar ist wilder geworden, Ylvi«, sagte sie, ohne den Kopf zu heben.

»Wie kannst du das wissen, ohne mich anzusehen?«, fragte ich und setze mich zu ihren Füßen ans Feuer.

»Ich fühle, dass sich etwas an dir verändert hat. Hast du deine erste Aufgabe erfüllt?«

Ich nickte. »Ja. Es gibt einen Ort, an dem meine Mutter nun geborgen ist. Das ist gut und voller Trost. Das ist meine Antwort. Es war nicht schwer, diese Antwort zu finden, und ich war nicht alleine.«

»Hast du dir den Drachen zum Freund gemacht?«, fragte die Seelenfrau.

Ich sah zum Drachen, der vor dem Haus wartete, und schwieg. Er war kleiner geworden, wenn auch nur ein bisschen. Ich hob ratlos die Schultern.

»Ich fürchte mich nicht mehr so sehr vor seiner Berührung«, sagte ich schließlich.

»Ich habe mich daran gewöhnt, dass er da ist. Aber bedeutet das, dass er mein Freund geworden ist?«

»Lass dir Zeit, Ylvi. Ihr werdet noch viele Jahre miteinander verbringen. Der Drache wird sich verändern, so wie auch du.«

Die Seelenfrau lächelte.

»Ich will dir nun deine zweite Aufgabe geben. Gehe hinaus in die Wälder. Verbringe dort den Winter und kehre erst mit dem Frühling zu mir zurück.«

»Ich soll hinausgehen in die Wälder? Aber der Winter wird kalt sein.«

»Ja«, sagte die Seelenfrau. »Der Winter wird kalt sein. Doch deine Aufgabe ist es, daran zu wachsen und zu lernen, dass du überleben kannst, denn ganz tief in dir gibt es etwas, das heil geblieben ist. Gehe hinaus und finde es.«

*I*ch ging mit dem Drachen zurück in die Höhle und
fühlte eine große Verzweiflung. Darüber, dass es mein
Leben, so wie es war, nicht mehr gab. Darüber, dass ich
lernen musste, neu zu leben. Darüber, dass die Kälte des
Winters unter meine Kleider kroch und es keinen Schutz
davor zu geben schien. Doch ich lernte, ein Feuer anzuzünden. In den ersten Nächten erlosch es, denn das Holz, das
ich im Wald gesammelt hatte, war schwer und nass, und so
musste ich lernen, das Feuer am Leben zu erhalten, damit
ich nicht erfror.

In diesen ersten Tagen und Nächten in der winterlichen
Höhle schlief ich kaum. Ich fürchtete mich in der Dunkelheit und wünschte, dass meine Mutter wieder bei mir wäre.
Ich dachte an einen Weihnachtsabend, der schon viele
Jahre zurücklag. Die Kerzen am Weihnachtsbaum waren
heruntergebrannt, es duftete nach Zimtsternen und heißer
Schokolade, und ich hatte den Kopf in den Schoß meiner
Mutter gelegt. Wir hatten ein Buch aufgeschlagen, sie las
mir daraus vor und strich mir mit einer Hand eine Haarsträhne aus dem Gesicht. Doch diese Wärme gab es jetzt
nicht mehr. Es würde wieder Weihnachten werden, in jedem Jahr aufs Neue, doch es wird nie wieder dasselbe sein.

Von Zeit zu Zeit kam meine Mutter zu mir und sie saß in diesen Träumen zwischen den Flügeln des Drachen.

»Ylvi, mein Kind«, rief sie mir zu. »Ich weiß, dass die Welt gerade ein kalter Ort für dich ist. Doch denke daran, dass ich bei dir bin. Bleib mutig und suche nach dem Licht in dir selbst. Dieses Licht wird dich retten.«

Also stand ich auf, an einem eisigen Morgen und sammelte Holz und trug so viel ich finden konnte in meine Höhle. Dort trocknete es, und bald gelang es mir, dass das Feuer in der Nacht nicht mehr erlosch.

Dann, an einem Abend, als der Drache sehr nahe war, bat ich ihn, an seiner Brust schlafen zu dürfen. Ich ließ mich sinken, schaute in die Flammen des Feuers und schlief das erste Mal tief und lang und traumlos.

Als ich am nächsten Morgen erwachte, hielt der Drache mich noch immer unter seinen Flügeln. Doch ich fühlte mich ausgeruhter. Ich stand auf, um neues Holz in die Glut zu legen.

Da sah ich eine fremde Frau am Eingang der Höhle stehen. Wunderschön sah sie aus. Sie leuchtete, fast so wie die Hoffnung, sie schien wie eine Schwester zu sein.

»Guten Morgen, Ylvi«, sagte sie freundlich. »Ich bin die Zuversicht. Auch ich bin ein Teil von dir. Als du heute Morgen erwachtest, bin auch ich erwacht.«

»Guten Morgen, liebe Zuversicht«, antwortete ich ihr. »Ich freue mich, dass du da bist.«

»Wie geht es dir und deinem Drachen?«, fragte sie mich.

Ich wollte ihr antworten, doch hielt ich inne und schaute den Drachen eine Weile an. In den Monaten, die wir schon miteinander verbracht haben, hatte ich mir immer wieder gewünscht, dass er verschwinden würde. Ich wollte ihn nicht bei mir haben. Aber jetzt, wie er da am Rande des Felsplateaus ruhte, bemerkte ich zum ersten Mal, wie sehr ich ihn in meinem Herzen hatte. Er gehörte nun zu mir und so schenkte ich ihm ein Lächeln.

Ich sah die Zuversicht an und sagte: »Heute geht es uns gut, meinem Drachen und mir. Und wenn du nun bei uns bleiben würdest, liebe Zuversicht, dann wäre alles ein wenig leichter.«

»Ich bin immer bei dir, Ylvi«, sagte die Zuversicht. »Doch an manchen Tagen werde ich unsichtbar für dich sein, denn es gibt so viele Anteile, die du in dir trägst, und jeder von ihnen hat das Recht, gesehen zu werden. Doch heute ... heute will ich sichtbar für dich bleiben.«

Da nahm ich meinen Drachen und die Zuversicht und verließ für eine Zeit meine Höhle. Ich durchstreifte die Wälder und dachte daran, mir einen kleinen Vorrat an Nahrung zuzulegen. Ich grub ein paar Wurzeln aus dem Waldboden, fand Vogelmiere, Bucheckern, Haselnüsse und Hagebutten, und am Rande einer Wiese fand ich einen Baum, an dem noch ein paar Äpfel hingen. Ich nahm mit, so viel ich tragen konnte, und wollte mir die Stellen merken, um wieder hierher zurückzukehren, wenn die Vorräte aufgebraucht sein würden. Ich war froh um diesen Tag, doch da bemerkte ich, dass mir mein Drache nicht gefolgt war. Ich erschrak darüber, rief nach ihm und es dauerte nicht lange, bis er zu mir zurückkehrte.

»Wo bist du gewesen?«, fragte ich.

»Ich habe dich eine Weile mit deiner Zuversicht alleine gelassen«, sagte er.

»Lass mich noch nicht alleine«, bat ich ihn.

Der Drache schaute mich an und zog mich an seine

Brust, und ich fühlte, wie sein Herz schlug. Der Drache und ich hielten uns aneinander fest.

Als die Zuversicht gegangen war, erschienen zwei stille Frauen am Felsplateau. Ihre Namen waren Erschöpfung und Angst. Ich sah sie an den langen, dunklen Winterabenden neben dem Drachen und mir am Feuer sitzen. Sie sprachen nicht, sie schauten mich nicht an, und manchmal hatte ich sogar das Gefühl, dass sie nicht mehr atmeten. Und so konnte auch ich nicht mehr atmen, so konnte auch ich nicht mehr sprechen und so verging die Zeit, die mir wie ein bleierner Mantel um die Schultern lag.

Doch dann, an irgendeinem Morgen, an dem ein winziger Hauch neuen Lichtes zu fühlen war, stand auf einmal die Hoffnung neben mir.

»Ylvi«, sagte sie, »hast du mich denn vollkommen vergessen? Ich bin es, deine Hoffnung.«

Ich sah die Hoffnung an, sie nahm mein Gesicht in ihre Hände und strich mir mit ihren Daumen die Tränen von den Wangen.

»Schau, kleine Ylvi, der Winter ist vorüber. Komm heraus aus deiner Höhle und sieh dir die Sonne an. Sie wärmt schon ein wenig.«

»Wo ist mein Drache?«, fragte ich. »Wo ist er?«

»Er hat schon vor dir die Höhle verlassen«, sagte die Hoffnung. »Sieh doch nur.«

Der Drache hatte auf dem Felsplateau seine Flügel in der Sonne ausgebreitet und atmete die Luft des Morgens tief in seinen Brustkorb.

»Guten Morgen, lieber Drache«, rief ich ihm zu. »Du bist kleiner geworden in diesem Winter. Wirst du denn trotzdem noch mein Freund sein, auch wenn du dich verändert hast?«

»Sind wir denn Freunde, Ylvi?«, fragte er mich und sah mich lange an.

»Ja. Wie kannst du nur denken, dass wir keine Freunde sind. Was wäre ich gewesen in all den langen Monaten ohne meine Mutter, wenn du nicht an meiner Seite gewesen wärst?«

»Aber es gab eine lange Zeit, da wolltest du nicht meine Freundin sein. Hast du das vergessen?«

Ich schüttelte den Kopf. »Nein. Ich habe es nicht vergessen. Aber es hat Mut gebraucht, um dich anzusehen. Und auch der Mut ist ein Teil von mir, der nicht immer sichtbar ist.«

Der Drache nickte.

»Was meinst du?«, fragte er schließlich. »Ist es nun Zeit, zur Seelenfrau zurückzukehren?«

Ich wusste es nicht. Der Winter war vorüber und ich hatte ihn hier, zurückgezogen in meiner Höhle, überlebt. Es gab also etwas in mir, das unbedingt leben wollte. Es musste der Teil von mir sein, der tief in meinem Innern heil geblieben war. Doch war dieser Teil das Licht, das ich in mir suchen sollte, um es in die Welt zu tragen?

Ich wusste es nicht. Doch noch immer stand die Hoffnung neben mir, und ich fragte sie, ob es Zeit sei zurückzukehren, obwohl ich das Licht noch nicht gefunden hatte.

»Du wirst das Licht finden, wenn du deinen Weg mit allem, was zu dir gehört, weitergehst«, sagte sie. Dann schlug sie den kleinen Pfad ein, der zurück zur Seelenfrau führte.

Ich sah mich nach meiner Höhle um, die mir in all der schweren Zeit Schutz geboten hatte. Ich wusste nicht, ob ich jemals wieder hierher zurückkehren würde. Doch ich wusste, dass ich es könnte. Mit dieser Gewissheit folgte ich der Hoffnung und mein Drache folgte mir.

*

Die Seelenfrau stand unter einer großen Tanne in der Nähe ihres Hauses, und obwohl es wärmer geworden war, trug sie noch immer ihren samtenen Mantel.

»Guten Tag, liebe Seelenfrau«, sagte ich freundlich. »Ich bin zurückgekehrt. Ich habe den Winter überstanden.«

»Guten Tag, Ylvi«, antwortete sie. »Ich freue mich sehr, dich wiederzusehen. Wie geht es dir und deinem Drachen?«

Wir schauten beide den Drachen an und dann sagte ich: »Er ist kleiner geworden. Kannst du es nicht sehen?«

»Nein«, sagte sie, »ich kann es nicht sehen und auch nicht fühlen. Es ist dein Drache, und es geht nur darum, wie er für dich ist.«

»Wir sind Freunde geworden«, sagte ich. »Ich brauchte viel Mut dafür. Aber jetzt ist es gut. Jetzt bin ich dankbar.«

»Wie ist es dir ergangen in den langen Monaten, Ylvi?«

»Ich habe oft von meiner Mutter geträumt. Einmal hat sie im Traum zu mir gesagt: ›Ich weiß, dass die Welt gerade ein kalter Ort für dich ist. Doch denke daran, dass ich bei dir bin. Bleib mutig und suche nach dem Licht in dir selbst. Dieses Licht wird dich retten.‹ Ich habe das Licht noch nicht gefunden, und ich weiß nicht, wo in mir ich danach suchen soll. Doch ich glaube, dass dieses Licht der Teil von mir ist, der tief in meinem Innern heil blieb und nach dem auch du mich suchen lässt.«

Die Seelenfrau sah mich aus ihren warmen Augen an, lächelte und schwieg.

»Doch ich habe viele andere Teile meiner selbst kennengelernt«, fuhr ich fort. »Da waren die Hoffnung und die Zuversicht, die Einsamkeit, die Erschöpfung und die Angst. Ich habe den Mut getroffen, den Glauben und den Zweifel. Ich habe mich getraut, sie alle zu fühlen, denn sie wollen alle gefühlt sein, so wie auch die Trauer gefühlt sein will.«

»Es ist ein guter Weg, auf dem du gehst, Ylvi«, sagte die Seelenfrau nach einer Weile.

»Denn du musst wissen, dass das Licht, das in dir brennt, nur heil bleiben konnte, weil all deine inneren Anteile es beschützt haben. Das Licht wäre ohne sie erloschen. Du wärst erloschen.«

Ich atmete tief die milde Frühlingsluft.

»Nun sag mir, liebe Seelenfrau, was wird meine dritte Aufgabe sein?«

»Für die dritte Aufgabe brauchst du dieses Schatzkästchen«, sagte sie und reichte mir eine kleine hölzerne Kiste.

»Ich schenke sie dir. Suche dir für diese Aufgabe einen schönen Ort in den Wäldern, lasse dich dort nieder und sammle Erinnerungen an deine Mutter. Suche als Erstes nach einem besonderen Blatt von einem Baum. Erzähle ihm eine Erinnerung, die so grün ist wie die Hoffnung, und dann lege das Blatt in das Kästchen. Als Zweites suche nach einem besonderen Stein. Er soll für eine Erinnerung stehen, die wie eine Wunde in dir ist und die dir das Herz noch immer schwer macht. Lege auch diesen Stein in das Kästchen. Als Drittes suche nach einer schönen Feder und erzähle ihr eine leichte, frohe Erinnerung, und dann lege auch diese Feder in das Kästchen. Bewahre all deine Erinnerungen für alle Zeiten wie einen großen Schatz.«

Ich schwieg eine Weile und sagte dann: »Das ist eine sehr schöne Aufgabe. Ich will nun gleich meinen Drachen nehmen, um mit ihm nach einem Platz in den Wäldern zu suchen.«

Die Seelenfrau nickte. »Auf Wiedersehen, Ylvi. Ich wünsche dir eine schöne Zeit mit deinen Erinnerungen und ich freue mich auf deine Rückkehr.«

Ich war schon ein paar Schritte von ihrem Haus entfernt, da drehte ich mich noch einmal nach ihr um.

»Sag mir, liebe Seelenfrau, warum trägst du immer diesen Mantel? Verbirgst du etwas darunter? Ziehst du ihn denn niemals aus?«

»Doch, Ylvi«, antwortete sie. »Wenn ich alleine bin. Und auch manchmal, wenn mir ein Mensch vertraut geworden ist.«

»Danke«, sagte ich.

Und dann ging ich in die Wälder und mein Drache folgte mir.

*

*E*s dauerte nicht lange, da brach der Frühling mit all seiner Milde in die Wälder, und ich ließ mich von ihm treiben. Ich lief abseits der Wege und fühlte die Natur zum ersten Mal als das, was sie war: ein Gleichnis für Leben und Tod. Denn war ich nicht gerade selbst mit dem Herbst verwelkt und zerbrochen? Hatte sich nicht mit dem Winter alles, was blühend und hoffnungsvoll an mir war, in meine Wurzeln zurückgezogen? Und waren es nicht meine Wurzeln, mit deren Hilfe ich diesen Winter überhaupt hatte überstehen können?

Jetzt kehrte der Frühling zurück, und mit ihm brach aus allem, was unlebendig schien, neues Grün, und auch ich fühlte etwas Neues in mir keimen. Ich nahm einen tiefen Atemzug und sah mich nach meinem Drachen um, der an diesem Morgen noch nicht zwischen mir und der Frühlingssonne geschwebt war.

»Wo bist du, Drache?«, rief ich. »Ich freue mich, den Frühling zu sehen, aber ich möchte gerne, dass du bei mir bist.«

Es dauerte nicht lange, da kam der Drache und landete sanft zwischen den Bäumen.

»Wenn du so weit wegfliegst, werde ich dich mit einem Faden an mein Herz binden müssen«, sagte ich und lachte.

Der Drache sah mich freundlich an und fragte: »Hast du denn schon nach einem schönen Ort gesucht, um deine dritte Aufgabe zu erfüllen?«

»Nein«, ich schüttelte den Kopf. »Der Frühling hat mich abgelenkt. Ich wollte nicht daran denken. Aber nun will ich es gerne tun.«

Ich lief einen flachen Hügel hinunter, an einem Birkenwäldchen vorbei, und fand eine kleine Lichtung, die über und über mit Moos bewachsen war. Ich musste an den Mantel der Seelenfrau denken, der an seinem Saum voller Moos und Flechten war, und so fühlte ich mich geborgen an diesem Ort. Hier wollte ich bleiben. Von hier aus wollte ich in den Wäldern umherstreifen, um nach einem besonderen Blatt, einem Stein und einer Feder zu suchen.

Ich nahm mein Schatzkästchen und versteckte es zwischen den Moosballen. Dann ließ ich meinen Kopf unter die Flügel des Drachen sinken und schlief, bis mich am neuen Morgen eine fremde Stimme weckte.

»Guten Morgen, Ylvi«, hörte ich sie sagen und schlug die Augen auf.

»Wer bist du?«, fragte ich freundlich und schaute die Frau an, die sich zu mir ins Moos gesetzt hatte.

Die Frau sah merkwürdig aus. Sie war schön, so wie die Hoffnung und die Zuversicht schön waren. Doch nur die eine Seite ihres Gesichtes schien glücklich zu sein, die andere Seite hingegen war melancholisch und ernst. Ich stand auf und reichte der Fremden eine Hand.

»Wer bist du?«, fragte ich sie noch einmal.

»Ich bin die Erinnerung, Ylvi. Manche Dinge, die ich

in mir trage, sind gut, und manche Dinge sind nicht gut. Doch egal was ich zu dir bringe, ich gehöre dir, denn ich bin deine Erinnerung.«

Die Erinnerung sah mich liebevoll an und strich mir eine Haarsträhne aus der Stirn. Das rührte mich.

»Wie wirst du heute sein, liebe Erinnerung?«, fragte ich sie.

»Heute werde ich eine gute Erinnerung sein, Ylvi. Such nach mir, wo auch immer du hingehst, erzähle von mir und vergiss mich nicht.«

Dann verschwand sie flüsternd zwischen den frühlingsgrünen Bäumen.

»Erinnerung!«, rief ich. »Erinnerung, wohin gehst du?«

Doch sie war schon davon. Ich wollte sie halten, eilte ihr nach und fand sie bald im Unterholz des Waldes, zwischen dem ersten zarten Klee und einem Teppich aus Blaubeerkraut. Hier hielt ich inne. Hier wollte ich einen Moment verweilen, denn die Erinnerung trug einen Frühling, der schon viele Jahre zurückliegt.

Meine Mutter und ich hatten gerne miteinander die ersten langen Frühlingstage im Wald verbracht. Manchmal wanderten wir auf alten Pfaden und manchmal schlugen wir neue ein. Manchmal ließen wir uns durch die Wälder treiben, manchmal saßen wir schweigend an einer kleinen Lichtung und taten nichts, außer zu lauschen.

An einem dieser Tage fanden wir ein Rehkitz. Es lag geduckt in einer kleinen Kuhle im Waldboden. Ich wollte mich sofort zu ihm knien, doch Mutter hielt mich am Arm.

»Wir müssen leise sein und uns von dem Kitz entfernen«, flüsterte sie, »denn seine Mutter wird bald zurückkehren.«

Also versteckten wir uns im Unterholz und beobachteten das junge Reh. Doch seine Mutter kam nicht und bald begann es flehend nach ihr zu rufen. Meine Mutter und ich schauten dem kleinen Tier mit klopfendem Herzen zu und doch konnten wir seine Not nicht lindern.

»Mutter«, sagte ich. »Es ist einsam. Es hat Hunger. Können wir es nicht mit uns nehmen?«

»Wir müssen ein wenig warten, denn es ist noch immer möglich, dass seine Mutter zurückkehren wird«, sagte sie.

Doch sie kehrte nicht zurück. Schließlich nahmen wir das kleine Reh mit nach Hause, fütterten es und ließen es in unserem Garten am Haus wohnen. Als das Reh groß genug war, um alleine zu leben, ließen wir es frei und es verschwand in den flüsternden Wäldern. Ich weinte lange darüber, dass dieses Reh nun nicht mehr bei uns war.

Doch meine Mutter sagte zu mir: »Ylvi, wir haben das kleine Tier gerettet, als es in Not war. Nun, da es erwachsen geworden ist, braucht es seine Freiheit zurück. Das Reh ist ein Teil des Waldes. Wir haben kein Recht dazu, es einzusperren.«

»Aber vielleicht sehen wir es nie wieder«, sagte ich.

»Ja«, sagte meine Mutter. »Vielleicht sehen wir es nie wieder. Aber wir haben eine besondere Zeit miteinander verbracht, und wir können hoffnungsvoll sein, dass es ein gutes Leben führen wird.«

Diese Erinnerung war wunderbar.

Ich hatte kein besonderes Blatt gefunden, um sie zu bewahren, doch ich wählte einen Zweig des jungen Blaubeerkrautes. Und so kehrte ich zurück zu meiner Lichtung im Moos, trug den kleinen Zweig an meinem Herzen und legte ihn in mein Schatzkästchen.

Da fiel mir mein Drache ein. Ich rief nach ihm, und als er kam, fragte ich, wo er gewesen sei.

»Ich habe dich für einen Moment mit deiner schönen Erinnerung alleine gelassen.«

»Ich weiß«, sagte ich, und eine Träne lief mir über die Wange. »Ich habe dich kurz vergessen. Aber nun bin ich froh, dass du zurückgekehrt bist.«

Ich legte mich ins Moos und der Drache barg mich unter seinen Flügeln.

»Sammelst du noch immer meine Tränen, Drache?«

»Ja«, sagte er. »Jede einzelne.«

Dann schlief ich ein.

Als ich wieder erwachte, war von der Sonne des Frühlings nichts mehr zu sehen, es hatte zu regnen begonnen. Doch trotzdem wollte ich um der Aufgabe willen aufbrechen, die mir die Seelenfrau gestellt hatte. Ich sollte nun nach einem besonderen Stein suchen, der für eine Erinnerung stand, die mir noch immer eine Wunde war, und ich fragte mich, warum es nicht besser wäre, diese Erinnerungen ruhen zu lassen.

Den Drachen nah an meiner Seite irrte ich umher. Das Herz war mir schwerer als in den Tagen zuvor. Ich wischte mir die Tränen vom Gesicht und dachte an die langen Wochen im Herbst, in denen sich all meine Tränen mit dem kalten Regen vermischt hatten. Nun fühlten sie sich anders an. Und doch waren es Tränen.

»Warum weinst du?«

Eine fremde Stimme schreckte mich aus meinen Gedanken. Ich schaute vom Weg auf und sah in zwei braune Augen.

»Warum weinst du?«, fragte die Stimme noch einmal.

»Warum sollte ich nicht weinen? Meine Mutter ist tot, und ich soll nach einer Erinnerung suchen, die mir noch immer eine Wunde ist. Doch warum sollte ich mich an diese Wunde erinnern? Warum sollte ich mich aufs Neue mit ihr verbinden?«, fragte ich und schaute die Frau mit den braunen Augen weiter an.

»Wer bist du?«

»Ich bin die Verbundenheit, Ylvi. Die Verbundenheit zu dir selbst und die Verbundenheit zu allen Dingen, zu den guten und auch zu den schmerzhaften.«

Da erkannte ich in den Augen der Verbundenheit die Erde und fühlte sie wie eine andere Mutter an meiner Seite stehen.

»Es ist schön, dass du da bist«, sagte ich. »Trotzdem erkenne ich nicht, warum ich mich mit einer alten Wunde noch einmal verbinden soll.«

»Du sollst dich nicht noch einmal fest mit deiner Wunde verbinden, Ylvi. Du darfst die Erinnerung daran aus der Ferne betrachten. Doch du kannst dich mit dem verbinden, was dich behütet hat, als du verwundet wurdest. Und auch wenn du glaubst, dass es in diesen Momenten nichts gab, dann sage ich dir, dass das nicht die Wahrheit ist. Es gibt immer etwas, das in dir, und immer etwas, das um dich ist, das dich behütet, und mag es auch noch so klein sein.«

Da tauchte die Erinnerung auf. Sie saß auf einem Felsen, nicht nah und nicht fern, und schaute mich an. Das Herz wurde mir schwer, denn sie brachte einen Tag zu mir zurück, von dem ich wünschte, dass es ihn niemals gegeben hätte. Meine Mutter und ich waren miteinander in Streit geraten. Heute, wo ich mit meinem Drachen, der

Erinnerung und der Verbundenheit an diesem Ort im Wald war, wusste ich nicht einmal mehr, worüber wir gestritten hatten. Doch ich erinnerte mich daran, dass unser Streit immer furchtbarer wurde, bis ich so zornig geworden war, dass ich zu ihr sagte: »Ich wünschte, du wärst nicht meine Mutter.«

Dann folgte eine Stille zwischen uns und in dieser Stille lag ein furchtbarer Schmerz. Er zerriss mir das Herz. Und er zerriss meiner Mutter das Herz.

Nach einer Weile nahm sie meine Hand in ihre und begann wortlos zu weinen.

Sie schaute mich lange an, bevor sie ging. Und das war schlimmer als alles zuvor. Doch in mir war auch eine Gewissheit. Es war die Gewissheit, dass die Liebe zwischen meiner Mutter und mir stärker war als alles, und in diesem Moment, in dem die Erinnerung bei mir war, verband ich mich mit dieser Liebe. Die Erinnerung stand auf und kam zu mir, um mir einen Stein zu reichen.

»Sieh ihn an«, sagte sie und lächelte. »Der Stein ist schwer, das weiß ich. Doch er trägt feine goldene Adern in sich. Und das bedeutet nicht weniger, als dass du in den schwersten Dingen, die dir begegnen und die du in dir trägst, auch immer etwas Kostbares findest.«

Ich nahm den Stein und hielt ihn an mein Herz. Dann lief ich zurück, zu meiner Lichtung im Wald, und bevor der Drache mich an seine Brust zog, legte ich den Stein in mein Schatzkästchen. Dann schlief ich ein.

In den nächsten Tagen blieb ich bei meiner Lichtung und sah dem Frühlingshimmel zu, wie er noch immer nur zögernd zwischen den Wolken auftauchte. Manchmal folgte der Drache diesen Wolken, kam zu mir zurück, flog wieder davon, und als die Sonne schließlich an Kraft gewonnen hatte, brach ich selbst auf, um nach der Feder zu suchen.

Ich fühlte mich leicht, als ich in die Wälder ging. Die Wunden unter meinen Füßen waren zu zarten Narben geworden und rissen nur noch selten auf. Ich wollte noch einmal zu meiner Höhle zurückkehren.

Als ich auf dem Felsplateau ankam, bemerkte ich zum ersten Mal, welch schönen Blick ich von hier aus über die Wälder hatte. Ich sah meinen Drachen in der Ferne seine Kreise ziehen, da sank vor mir eine Feder. Sie schien aus dem Nichts gekommen zu sein, doch da hörte ich eine feine Stimme neben mir.

»Guten Tag, Ylvi«, sagte sie. »Ich bringe dir eine Feder.«

»Du bringst mir eine Feder?«, fragte ich und schaute die Fremde erstaunt an.

»Wer bist du?«

»Ich bin die Dankbarkeit«, sagte sie.

»Guten Tag, liebe Dankbarkeit«, sagte ich zu ihr. »Wie schön, dass du zu mir gekommen bist.«

»Ich möchte dir gerne diese Feder schenken, denn sie ist ein Teil deiner dritten Aufgabe. Ich wünsche mir von dir, dass du mir etwas von deiner Mutter erzählst, das so leicht ist wie diese Feder hier.«

»Eine Erinnerung, die so leicht ist wie eine Feder ...«, sagte ich, und es dauerte nicht lange, da erwachten die bezauberndsten Bilder, die ich in mir trug.

Es waren die Erinnerungen an jene wundervollen Tage, in denen die Sommer begannen und an denen alle Menschen gemeinsam hinaus in die Wiesen gingen und Blumen pflückten, um daraus Kränze für die Mädchen zu winden.

»Und dann feierten wir alle zusammen die Mittsommernächte«, erzählte ich der Dankbarkeit. »In den wenigen
Stunden, in denen es dunkel ist, wird in diesen Nächten
getanzt, gelacht und gesungen. Es gibt Dillkartoffeln und
Erdbeeren mit Sahne und es brennen wunderbare Feuer.
Es gibt sogar eine Legende, nach der die ledigen Mädchen
auf sieben verschiedenen Wiesen Blumen pflücken und sie
in der Mittsommernacht unter ihr Kopfkissen legen sollen.
Und denjenigen, von dem sie in dieser Nacht träumen,
werden sie eines Tages heiraten. Mutter hat mich dann
immer gefragt, ob ich Lust hätte, schon bald zu heiraten.
Doch ich habe lachend den Kopf geschüttelt und gesagt:
Nein, Mutter, nicht um alle Mittsommernächte möchte ich
schon heiraten. Aber ich möchte Blumen pflücken, einen
Kranz im Haar tragen und mit dir über die Feuer springen.
Und das haben wir dann getan und sind in jedem Jahr aufs
Neue, voller Lebensfreude, über die Sommernachtsfeuer
gesprungen.«

»Das ist so zauberhaft«, sagte die Dankbarkeit. »Und ist
es etwas, wofür du dankbar sein kannst, Ylvi?«

»Ja. Es sind die schönsten Erinnerungen, und ich bin
froh sie zu haben«, antwortete ich ihr. »Und nun will ich
deine Feder nehmen und sie zu den anderen Erinnerungen
in mein Schatzkästchen legen.«

Doch die Dankbarkeit schüttelte den Kopf. »Warum
lässt du sie nicht fliegen? Überlass sie dem Wind.«

»Ich soll sie in meinem Schatzkästchen aufbewahren.
Das war die dritte Aufgabe, die mir die Seelenfrau gab.«

»Deine Aufgabe war es, deine Erinnerungen zu bewahren, und am Ende ist es doch gleich, wo du das tust: in
deinem Schatzkästchen, in der Weite des Himmels oder wo
auch immer ein schöner Ort für dich ist. Du kannst noch

sehr viele Erinnerungen sammeln und in deinem Schatzkästchen bewahren. Aber am Ende ist es doch das Wich-
tigste, dass du sie alle in deinem Herzen trägst.«

In meinem Herzen ... dachte ich und schwieg.

Ich betrachtete die Feder eine Weile, dann öffnete ich
meine Hand und gab sie einem kleinen Wind, der sie noch
einen Moment in meiner Nähe schweben ließ. Doch bald
trug er sie davon. Als mein Drache zu mir zurückkehrte,
berührte er die Feder noch einmal, dann verloren wir sie
aus den Augen. Und so machten wir uns zum letzten Mal
auf den Weg zurück zur Seelenfrau.

*

D ie Seelenfrau wartete. Sie stand vor ihrem Haus, barfuß in ihren Mantel gehüllt, und reichte mir ihre Hände.

»Ylvi«, sagte sie. »Wie schön, dass du zurückgekehrt bist. Nun ist es beinahe ein ganzes Jahr her, dass deine Mutter starb. Wie geht es dir und deinem Drachen?«

»Mein Drache, er ist kleiner geworden«, sagte ich leise und dachte zum ersten Mal mit einer großen Sehnsucht an ihn. »Er ist mal nah und mal fern, manchmal ist es fast wie ein Spiel zwischen uns. Er fliegt davon, zieht seine Kreise, und ich freue mich, wenn er zu mir zurückkommt.«

Die Seelenfrau nickte und fragte mich: »Und wie ist es dir mit deiner dritten Aufgabe ergangen, Ylvi? Ist es dir gelungen, ein paar Erinnerungen zu sammeln und zu bewahren?«

»Es war nicht so leicht, wie ich dachte«, antwortete ich. »Es gibt so viele Erinnerungen. Schöne und traurige, heitere und ernste. Doch egal woran ich mich erinnerte, da war immer ein Schmerz in meinem Herzen. Manchmal war er fein und manchmal war er stark. Doch es ist immer ein Schmerz.«

»Hast du noch immer nicht herausgefunden, was der Schmerz ist, Ylvi?«, fragte die Seelenfrau.

Da sah ich meinen Drachen zwischen den Bäumen auftauchen und eine Träne lief mir über die Wange.

»Der Schmerz ist Trauer«, sagte ich.

»Ja. Aber was sind Schmerz und Trauer? Es gibt ein einziges Wort dafür und du kennst es.«

»Ich kenne es?«, fragte ich.

»Ja, du kennst es, und nun ist der Zeitpunkt gekommen, an dem du mich nicht mehr brauchst, Ylvi. Sieh noch ein letztes Mal genau hin.«

Ich schaute zum Drachen hinauf, der über unseren Köpfen kreiste. Ich schaute ihn an, wie es die Seelenfrau gesagt hatte, ich fühlte zu ihm hin, ich verband mich mit ihm, so sehr ich es konnte, und plötzlich sah ich, wie der Drache zu leuchten begann. Und endlich erkannte ich es. Ich erkannte sein Herz, dieses warme Herz in seiner Brust, das unter den tapferen Flügeln schlug, die meine Mutter trugen.

»Drache, jetzt erst erkenne ich dich«, rief ich ihm zu.

»Du bist die Verbindung zwischen meiner Mutter und mir. Du bist die Liebe.«

Der Drache landete vor meinen Füßen und wir sahen uns lange an.

»Ylvi«, sagte er schließlich. »Ja, ich bin die Liebe. Endlich hast du mich erkannt, endlich bin ich ein Teil von dir.«

Ich schlang meine Arme um den Hals des Drachen und er legte seine Flügel um mich. So blieben wir eine Weile, bis ich schließlich meinen Kopf hob, um mir die Tränen vom Gesicht zu wischen.

Ich schaute hinüber zur Seelenfrau. Sie stand noch immer am selben Ort, doch sie hatte ihren Mantel abgelegt. Überrascht sah ich sie an, sah ihr wildes Haar, das um ihre Schultern lag, und dann sah ich auf ihrer Brust eine Narbe. Ihre Narbe war riesig, ebenso wie meine eigene.

»Seelenfrau«, sagte ich. »Du trägst so wie ich eine riesige Narbe auf der Brust. Und auch deine Füße tragen die gleichen Narben wie meine.«

Sie nickte stumm und sah mich lange an. »Ja, Ylvi. Ich trage die gleichen Narben. Auch ich trage einen Drachen in mir. Und auch ich musste lernen, was der wahre Name des Drachen ist.«

»Wer ist gestorben, liebe Seelenfrau?«, fragte ich.

»Es war meine Tochter, Ylvi«, sagte sie und strich mir eine Haarsträhne aus der Stirn. Da nahm ich ihre Hand und sah sie an.

»Werden die Narben wieder aufbrechen?«

»Manchmal«, antwortete sie. »Manchmal werden sie aufbrechen. Aber nicht ganz und nicht alle zur selben Zeit. Du weißt nun, was du tun kannst, wenn deine Narben aufbrechen. Denke daran, dass deine Mutter immer bei dir ist, nur ein Stück neben dir, auf der anderen Seite des Weges. Und denke daran, dass dein Glaube größer ist als dein Zweifel. Wenn die Narben aufbrechen, dann sorge gut für dich. Nimm gute Nahrung zu dir, sorge dafür, dass es dir warm ist und dass du Ruhe findest. Und gehe hinaus in die Natur, so oft du es kannst. Wenn die Narben aufbrechen, verbinde dich mit den Erinnerungen an deine Mutter. Schau in dein Schatzkästchen, sammle neue Erinnerungen und lege sie mit hinein. All das wird die aufgebrochenen Narben aufs Neue schließen. Du bist deinem Weg gut gefolgt, kleine Wölfin. Gehe ihn weiter, mit allem, was zu dir gehört.«

»Danke, liebe Seelenfrau, dass du diesen Weg mit mir gegangen bist«, sagte ich.

»Das habe ich gerne getan, Ylvi. Und wenn du mich jemals wieder brauchen solltest, dann komm zu mir.«

Wir hielten uns noch eine Weile an den Händen, doch bald nahm sie ihren Mantel und verschwand schließlich zwischen den Bäumen des Waldes.

*

Es war spät geworden, als ich mich auf den Weg zurück nach Hause machte und schaute mich nach meinem Drachen um.

»Wo bist du, Drache?«, rief ich, doch da sah ich ihn schon über mir im Nachthimmel kreisen. Er trug meine Mutter auf seinem Rücken.

»Ylvi, mein Kind«, rief sie. »Endlich hast du es gefunden, das Licht in dir. Ich freue mich so sehr darüber.«

»Aber Mutter, ich habe nur das Licht in meinem Drachen gefunden, ich habe es endlich erkannt. Es ist die Liebe. Nach dem Licht in mir selbst habe ich nicht mehr gesucht. Ich hab es beinahe vergessen.«

»Aber Ylvi, dasselbe Licht, das in deinem Drachen leuchtet, leuchtet auch in dir, so wie es in jedem Menschen leuchtet, in jedem Tier und in allem, was ist. Der unversehrte Kern eines jeden ist die Liebe.«

»Die Liebe?«, fragte ich.

»Ja, Ylvi, die Liebe. Denke daran, dass sie die größte Kraft ist, die in dir wohnt. Und ich wünsche dir, mein Kind, dass du niemals den Mut verlieren wirst, dich mit der Liebe in dir zu verbinden.«

Ich atmete tief die milde Luft. In diesem Moment erhob sich mein Drache weiter als jemals zuvor in den Nachthimmel.

»Drache«, rief ich erschrocken. »Versprichst du mir etwas?«

»Was immer du möchtest, Ylvi.«

»Versprichst du mir, dass du niemals kleiner wirst, als du jetzt bist, damit du meine Mutter für immer tragen kannst?«

»Ja, das verspreche ich dir«, rief der Drache.

»Und versprichst du mir auch, dass du immer wieder zu mir kommst, wenn ich dich rufe?«

»Ja, Ylvi, auch das verspreche ich dir.«

Da streckte ich meine Hände in den Nachthimmel und rief »Auf Wiedersehen, Drache, auf Wiedersehen, Mutter. Ich wünsche euch eine gute Reise, wohin auch immer ihr jetzt fliegt. Und besucht mich bald wieder.«

»Auf Wiedersehen, Ylvi«, rief mein Drache.

»Auf Wiedersehen, mein Kind«, rief Mutter.

»Ach, lieber Drache, eine letzte Frage noch: Wofür hast du all meine Tränen gesammelt? Wofür war deine Mühe?«

Ich sah hinauf zu ihm und meiner Mutter und sah, wie er einen Flügel auf sein Herz legte.

»Für diesen Moment«, rief er.

Dann streute er all meine Tränen über den Nachthimmel und verschwand.

Heute, viele Jahre später, fühle ich, dass die Geschichte von meiner Mutter und mir langsam verschwimmt. Doch es gibt Nächte, in denen ich nicht schlafen kann. Dann schaue ich in den Sternenhimmel und stelle mir vor, dass alle Sterne, die es gibt, geweinte Tränen sind und dass auch meine Tränen zu einem Teil der Ewigkeit wurden. Und dann bin ich sicher, dass nichts jemals verloren ist.

Ylvi und der Drache entstand als Abschlussarbeit meiner Fortbildung zur Trauerbegleiterin (nach Standards des Bundesverbands Trauerbegleitung e.V.)

Informationen und Kontakt unter
www.spuren-von-licht.de